LE RENDEZ-VOUS,

COMEDIE EN VERS

Représentée pour la premiere fois le 27. du mois de May 1733.

Le prix est de vingt sols.

A PARIS,
Chez CHAUBERT, Quay des Augustins, à la Prudence, & à la Renommée.

M. DCC. XXXIII.

Avec Approbation & Privilege du Roy.

ACTEURS.

LUCILE, jeune Veuve.

VALERE.

LISETTE, ſuivante de Lucile.

CRISPIN, Valet de Valere.

Mr. JAQUEMIN, Soûfermier, Amoureux de Lucile.

CHARLOT, Jardinier de Lucile.

UN LAQUAIS de Mr. Jaquemin.

UN DOMESTIQUE de Lucile.

La Scene eſt dans une Ville de Bretagne.

A SON ALTESSE
SERENISSIME
MONSEIGNEUR LE COMTE
DE
CLERMONT.

MONSEIGNEUR,

Le Public s'appercevra aisément que ce n'est ni la gravité ni l'excellence de mon Ouvrage qui me font prendre la liberté de le dédier à VOTRE ALTESSE SERENISSIME: *mais l'offre des prémices, de quelque genre, & quelqu'imparfaits qu'ils soient, est un hommage que les Protecteurs des Lettres veulent bien ne pas dédaigner.*

Combien doivent être encouragés ceux qui se sentent des talens, & combien est utile à la gloire de la Nation le soin que prend VOTRE ALTESSE SERENISSIME *de veiller au progrès des Arts! car il faut l'avoüer,* MONSEIGNEUR, *ce sont les regards des grands Princes qui soutiennent les génies sublimes dans leurs vastes entreprises, qui élevent un esprit médiocre à un degré éminent, & qui souvent font naître le mérite où, peut-être, il n'auroit jamais été.*

L'Eloge de VOTRE ALTESSE SERENISSIME *ne sera pas hazardé par l'Auteur d'une petite Comedie; trop heureux si j'ai pû contribuer à son amusement, & s'il m'est permis de me dire, avec le plus profond respect,*

DE VOTRE ALTESSE SERENISSIME

MONSEIGNEUR,

Le très-humble & très-obéissant serviteur.

FAGAN.

LE

RENDEZ-VOUS,

COMEDIE.

SCENE PREMIERE.

Le Théatre représente l'avenuë d'un Château.

LISETTE, CRISPIN.

Ils entrent sur la Scene en rêvant.

LISETTE.

OUI, mettons aujourd'hui toute notre Science
A les faire sortir de leur indifferen-ce.
Il ne sera pas dit qu'aprés un long séjour,
Un couple, qui paroît fait exprès pour l'amour,
Jeune, libre, charmant, ton Maître & ma Maî-tresse

N'auront point l'un pour l'autre eu la moindre tendresse.
Enfin, que penses-tu de mon projet, Crispin?

CRISPIN.

Ma foi, sans balancer, je tope à ce dessein.
Les momens nous sont chers. Dans notre état funeste,
C'est, je crois, mon enfant, tout l'espoir qui nous reste.

LISETTE.

Pour réüssir, la chose a ses difficultés.
Peut-être qu'il faudroit s'être mieux consultés,
Mettre au jeu plus d'esprit; pour toute batterie,
Nous avons un grand fonds d'amour, de fourberie.

CRISPIN.

Pour ces deux qualités, tu peux compter sur moi.
Pendant que d'un côté tu feras ton emploi,
De l'autre, adroitement je tromperai Valere;
Et même tu verras si j'ai du sçavoir faire.

LISETTE.

Dis-moi de quoi le sort aussi s'est avisé
De nous faire aimer, nous?

CRISPIN.

Ton petit air rusé,
Tes façons m'ont séduit, tes yeux, mainte autre chose....
Que veux-tu? j'en sçai mieux les effets que la cause.

LISETTE.

Tu m'as ſçû plaire auſſi, je ne ſçai pas comment.
Cependant nous touchons à ce fatal moment
Qui peut nous ſéparer.

CRISPIN.

Oüi; ſi d'un prompt remede
Nous n'avons le ſecours, ſi le Ciel ne nous aide :
L'Arrêt eſt prononcé; demain, avant le jour,
Valere, pour Paris a marqué ſon retour.

LISETTE.

Et ma Maîtreſſe & moi, nous reſtons.

CRISPIN.

Il me ſemble
Qu'ils n'auroient pas ſi-tôt dû s'accorder enſemble.
Lucile eſt Légataire, & Valere Héritier
D'un Vieillard bas-Breton, Plaïdeur de ſon métier :
De Chryſante, en un mot, l'embroüillé codicile
Leur ouvroit aux procès une route facile;
Le bon-homme en mourant eut cet eſpoir flatteur.
Mepriſe-t'on ainſi l'eſprit d'un Teſtateur?

LISETTE.

Il eſt vrai que bien peu l'interêt les domine :
Mais cette raiſon même encor me détermine;
J'en tire un bon augure. Un penchant amoureux
Germe plus aiſément en des cœurs généreux.

CRISPIN.

J'avois, de mon côté, pour nous tirer d'affaire,
Projetté ... Mais ...

LISETTE.

Comment ?

CRISPIN.

Si je quittois Valere ?
Je perdrois pour le moins quatre ans qui me ſont dûs ;
Et j'aurois quelques coups de bâton par deſſus.

LISETTE.

Mauvais expédient.

CRISPIN.

Qui lui feroit entendre
Que les chemins ....

LISETTE.

Sottiſe.

CRISPIN.

Il faut donc nous y prendre,
Comme tu le diſois.

LISETTE.

Oüi, ne balançons plus.
C'eſt trop perdre de temps en diſcours ſuperflus.
Si nous ne détournons l'orage qui s'aprête,
Songe encore une fois que tu perds ta conquête,
Qu'à Charlot ton Rival Liſette va reſter.

CRISPIN.

Voyez-vous ce Butor qui voudroit en tâter !

LISETTE.

Je vais trouver Lucile.

CRISPIN.

Et moi, chercher mon Maître.
J'y cours.... Mais n'eſt-ce pas lui que je vois
paroître ?

LISETTE.

C'eſt lui-même.

CRISPIN.

Il ſuffit.

LISETTE.

Au moins....

CRISPIN.

Retire-toi.

LISETTE.

Mais te ſouviendras-tu...

CRISPIN.

Repoſe-toi ſur moi.

LISETTE.

Sur tout, le rendez-vous.

CRISPIN.

Mon Dieu ! laiſſe-moi faire.

LISETTE *à part.*

Nous voulons augmenter l'Empire de Cythére,
Amour, puiſſant Amour, ſeconde notre ardeur.

SCENE II.

VALERE, CRISPIN, LISETTE.

VALERE *achevant de lire quelques papiers.*

HA! Crifpin, je te cherche.

LISETTE, *haut à Crifpin.*

Adieu, beau Voyageur.
Soyez difcret.

CRISPIN.

Adieu.

SCENE III.

VALERE, CRISPIN.

VALERE.

Quelle eft donc cette fille?

CRISPIN.

C'eft Lifette, Monfieur... Elle eft affez gentille.

VALERE.

Oüi; je me la remets. Me voilà, grace aux Dieux,
Sorti, mon cher Crifpin, de ce Dédale affreux,
De ce confus amas d'énormes Procédures.
Plûtôt que de paffer par de telles tortures,
Par la noire chicanne, & fes honteux détours,
J'aimerois mieux, je crois, n'hériter de mes jours.

A Paris on m'attend avec impatience:
La Veuve, la Comteſſe, Aminte, Iris, Hortenſe,
M'ont écrit depuis peu. Toutes m'ont fait ſçavoir
Le deſir empreſſé que l'on a de m'y voir.
Songes-tu, pour demain que ma chaiſe ſoit prête?

CRISPIN *ſoupirant.*

Oüi, Monſieur.

VALERE.

Qu'as-tu donc?

CRISPIN.

C'eſt pour vous une fête
Que de partir ainſi. Quel départ, juſte Ciel!

VALERE.

Et pour qui ce départ ſeroit-il ſi cruel?

CRISPIN *à part.*

Portons les premiers coups; ferme, point de foibleſſe.

VALERE.

Eſt-il quelque beauté qui pour toi s'intereſſe?

CRISPIN.

Non, Monſieur. Si mon cœur ſoûpire en ce moment,
Ce n'eſt pas pour mon compte; & je plains un tourment
Que vous-même cauſez.

VALERE.

Explique toi.

CRISPIN.

Liſette,

Comme vous l'avez vû, ſort d'ici. La Soubrette
Vient de me faire part d'un ſecret entretien...

VALERE.

Qui me touche?

CRISPIN.

Sans doute.

VALERE.

En quoy?

CRISPIN.

Lucile....

VALERE.

Eh bien?

CRISPIN.

Lucile....

VALERE.

Parle donc.

CRISPIN.

De vous, Lucile eſt folle.

VALERE.

De moi?

CRISPIN.

Folle à lier. Vous êtes ſon Idole.
C'eſt une paſſion qui ne peut s'exprimer.

VALERE.

Va, va, mon pauvre Ami, fais-toi mieux informer.

CRISPIN.

Monſieur....

VALERE.

C'eſt ſe mocquer. Depuis qu'avec Lucile
Un interêt commun m'arrête en cette ville,
On

On ne ſçauroit ſe voir plus indifferemment,
Que nous nous ſommes vûs.

CRISPIN.

Liſette, apparemment
S'eſt trompée, ou j'ai mal entendu.

VALERE.

C'eſt un conte
Qu'elle a fait à plaiſir.

CRISPIN.

J'en tenois peu de compte.
J'ai d'abord, comme vous, ri d'un diſcours pareil;
Mais j'ai touché la choſe & du doigt & de l'œil.

VALERE.

Viſion! Et comment t'a-t-elle fait entendre
Que ſa Maîtreſſe aimoit?

CRISPIN.

Quand hier on vint apprendre
A ce ſenſible objet que vous deviez partir,
(Je ne puis répeter cela, ſans m'attendrir)
Une vapeur la prit; & perdant connoiſſance,
Elle fut, dit Liſette, une heure, en défaillance.

VALERE.

Elle ſe trouva mal; elle aime, pour cela?

CRISPIN.

Oüi, vraiment.

VALERE.

Le plaiſant argument que voilà!

CRISPIN.

Excuſez....

VALERE.

Aujourd'hui rien n'eſt plus ordinaire
Que ces ſaiſiſſemens, ce mal imaginaire :

CRISPIN.

J'ai tort.

VALERE.

Que ces vapeurs, dont en pleine ſanté,
Et ſans ſçavoir pourquoi, l'on ſe trouve agité.

CRISPIN.

J'en conviens.

VALERE.

Quoi ? tu veux que je me perſuade . . . .

CRISPIN.

Qui, moi ? ſi vous voulez, vous êtes lourd, mauſſade,
Groſſier, peſant, brutal, ſans graces, ſans eſprit,
Sans naiſſance, ſans bien, ſans talens, ſans crédit,
Du haut juſques en bas mal fait, déſagréable,
Impertinent. . . .

VALERE.

Plaît-il ?

CRISPIN.

En un mot, incapable
D'inſpirer à quelqu'un le moindre ſentiment.

VALERE.

Hé bien, après un tel évanoüiſſement ?

CRISPIN.

Elle ſe plaint, s'agite, & verſe quelques larmes.
Qu'eſt-ce donc, diſoit-elle, ai-je ſi peu de charmes ?

Mes yeux ſont-ils des yeux à faire des ingrats ?
Ils n'en ont que trop dit ; on ne les entend pas.
Il part ! Ha ! c'en eſt fait, Ariane abuſée,
Au bout de l'Univers va ſuivre ſon Théſée.
Oüi, je vais..... Un broüillard offuſquant ſa raiſon,
A ces mots, elle tombe encore en pamoiſon.
Voilà dans quel état eſt cette triſte Amante.

VALERE.

Si tu me parles vrai, la choſe eſt étonnante ;
Et jamais.....

CRISPIN.

Croyez-vous que je voudrois mentir ?

VALERE.

Lucile aimer ainſi !

CRISPIN.

Sans nous en avertir !

VALERE.

Avec tant de reſerve !

CRISPIN.

Oh ! Monſieur, c'eſt le Diable ;
Quand une femme veut, elle eſt impénétrable.
Enfin cette Beauté .... mais c'eſt mal à propos
Que je vous tiens ici de ſemblables propos.

VALERE.

Non ; parle, je le veux.

CRISPIN.

Sous cet épais feüillage,
Cette beauté cédant à l'amour qui l'engage,

Comme pour prendre l'air, doit se trouver ce
soir.
Avant votre départ, elle voudroit vous voir.
On m'a sollicité pour vous le faire entendre.
Si donc, ce soir aussi, vous vouliez vous y rendre,
Notre veuve discrette, aux yeux de son Vainqueur
Exposeroit le feu qu'elle cache en son cœur,
Sans causer de scandale, & sans qu'on en murmure.

VALERE.

Je veux, quoiqu'il en soit, démêler l'avanture.
Sçais tu l'heure, à peu près ?

CRISPIN.

Elle s'y trouvera,
En revenant du Cours.

VALERE.

Fort bien. Demeure-là.

SCENE IV.

CRISPIN *seul.*

LE mensonge est lâché : Courage ; il croit qu'on l'aime.
La bonne opinion, & l'amour de soi-même,
Chez lui, seront encore, à ce que je conçoi,
Et meilleurs Orateurs, & plus fourbes que moi.

SCENE V.

LUCILE, LISETTE, CRISPIN.

LISETTE.

QUoy ? vous vous obſtinez, Madame, à n'en rien croire ?

LUCILE.

Quelqu'un, pour s'amuſer, t'a forgé cette hiſtoire.

LISETTE.

Moi, l'on m'auroit trompée? Ah ! ſi je le croyois,
J'y perdrois mon Latin, où je m'en vangerois.
C'eſt Criſpin qui tantôt m'a fait la confidence.
à Criſpin.
Parle, maître fripon, avec quelle impudence
M'es-tu venu conter que d'un feu trop certain
Ton Maître ? . . . .

CRISPIN.

Serviteur.

LISETTE.

Ho ! tu veux fuir en vain ;
Tu parleras.

CRISPIN.

Tout beau ; je n'ai rien à vous dire.

LISETTE.

Crois-tu que nous cherchions que pour nous on ſoûpire ?

Quel étoit ton dessein?

CRISPIN.

Peste soit du Caquet!
Hé bien? Et quand mon Maître aimeroit en effet,
Ne pouvant espérer rien de bon de sa flâme,
Quel besoin étoit-il d'en parler à Madame?
T'en avois-je priée? Euh! cette langue-là
Vendroit Parens, Amis, honneur ... & cætera.

SCENE VI.

LUCILE, LISETTE.

LISETTE.

HE bien, vous l'entendez?

LUCILE.

Ma surprise est extrême.
Mais, Lisette, comment croire que Valere aime?
Il m'a semblé si froid!

LISETTE.

Lui, froid! Il n'est rien moins.
Du contraire j'ai vû d'invincibles témoins.
Tranquille en apparence, il aime; & sa conduite,
Ses regards, ses discours, tout m'en avoit instruite,
Avant que son Valet vinst m'en entretenir.
Il est blessé, vous dis-je, à n'en pas revenir.

LUCILE.

Ces Symptomes d'amour devoient frapper ma vûë.

Que ne m'en ſuis-je donc, comme un autre, ap-
perçûë ?

LISETTE.

Ho ! ma foy, je ne ſçais que dire ſur ce point.
Quand on ne veut point voir, Madame, on ne
voit point.
Par exemple, avant hier, j'ai ſur votre Toilette
Trouvé certain Billet, où ſon ardeur parfaite
Eſt peinte au naturel, quoi qu'avec beaucoup
d'Art.
Ce qu'il contient paroît n'être dû qu'au hazard;
Il ſemble ne traiter que d'interêts, d'affaires.
Que d'amour eſt caché ſous des termes vulgaires !
Non; jamais on ne peut annoncer ſon tourment
Avec plus de tendreſſe & de ménagement.
Et pour moi qui ne ſuis qu'une ſimple ſuivante,
J'ai deviné l'Enigme. Elle eſt fine & galante;
Le tour eſt délicat.

LUCILE.

Je l'ai, je crois, ſur moi.
Oüi. Je veux par plaiſir le relire avec toi.

LISETTE.

Voyons.

LUCILE.

Aſſurément, tu perds l'eſprit, Liſette.

LISETTE.

Hé ! liſez.

LUCILE.

Le voilà. Tu ſeras ſatisfaite.

Elle lit.

Ayez la bonté, Madame, d'envoyer vôtre homme d'affaires chez celui que nous avons choisi pour Arbitre. Je crois même qu'il seroit necessaire que vous y vinssiez.....

LISETTE.

Bon, où tend ce début?

LUCILE.

A rien, certainement.

LISETTE.

Il ne déclare rien bien positivement.
C'est une expression ordinaire & naïve.
Mais si vous voulez être un moment attentive:
Là, parlez franchement; n'appercevez-vous pas
Dans sa façon d'écrire un certain embarras?
Il y regne un chagrin, une morne tristesse,
Qui dès l'abord dénote un grand fonds de tendresse.

LUCILE *lisant.*

Votre presence leveroit des difficultés....

LISETTE.

Attendez. Leveroit des difficultés!

LUCILE.

Quoy?
Ce sens est naturel. C'est tout ce que j'y voi.

LISETTE.

Naturel! Leveroit des difficultés? J'aime
A voir adroitement peindre une flâme extrême.
A la faveur du tour, & des traits délicats,
Donner à deviner ce qu'on n'avoûroit pas:
Mais

Mais l'explication n'en eſt pas difficile.
J'étudirois vos yeux, adorable Lucile,
Tout à la fois timide, amoureux, incertain,
Je verrois dans ces yeux, quel ſera mon deſtin;
Je verrois ſi je dois vous taire mon Martyre,
Ou, ſans vous offenſer, ſi je puis vous le dire.
Leveroit, leveroit des difficultés! ha!
Comment peut-on ne pas entendre celui-là?

LUCILE *continuant.*

Il s'agit d'une déciſion eſſentielle; & comme c'eſt ce qui vous intéreſſe le plus....

LISETTE.

Celui-ci n'eſt pas clair? Plaît-il? que vous en ſemble?

LUCILE.

Hé! mais....

LISETTE.

Sans contredit, cette Phraſe raſſemble
Tous les ennuis ſecrets d'un Amant mécontent.
On ſent bien le reproche: il eſt à bout portant.

LUCILE *reliſant.*

Et comme c'eſt ce qui vous intéreſſe le plus....
Il eſt vrai que ces mots....

LISETTE.

Ils diſent tout au monde.
Ho! ce n'eſt pas, ſur rien, que mon ſoupçon ſe fonde.

LUCILE *achevant.*

On tâcheroit de s'accorder; & tout ſe termineroit à l'amiable.

LISETTE.

A l'amiable ! Eh , oüi ; l'entend-il , le fripon ?
Finir à l'amiable ! amiable eſt fort bon.
Il pretend avec vous finir à l'amiable.
Ma foy , ce dernier trait lui ſeul eſt impayable.
Enfin , vous le voyez. Dites-moi , s'il vous plaît ,
A vous en impoſer , ai-je quelque interêt ?
Il faut en convenir ; cet homme flegmatique
Sans trop d'obſcurité ſur ſa flâme s'explique.
La Conquête , au ſurplus , doit-elle vous fâcher ?

LUCILE.

Non , vraiment. Mais enfin, ſi j'ai ſceu le toucher,
Je ne comprens pas bien pourquoi ce long ſilence.
Il eſt rare qu'un homme avec de la naiſſance ,
De l'eſprit , en ſecret ſe plaiſe à ſoûpirer.
Se fait-on un devoir de ne point déclarer
Un penchant , dont l'aveu ne ſçauroit faire injure.

LISETTE.

Ho , pourquoi ! j'en vois bien les raiſons , je vous jure.
D'un côté, chacun ſçait que Damon votre Epoux,
Quoique de ſon vivant vieux , avare , & jaloux ,
Quand la Parque ſur lui vint uſer de main miſe ,
Vous a fait larmoyer comme une autre Artémiſe.
De l'autre, le bruit court que Monſieur Jaquemin
Doit dans un mois où deux obtenir votre main.

Cet âpre sou-fermier, qui par tout le publie,
De vos appas déja croit tenir la regie.
Est-il bien régalant pour un jeune amoureux,
De s'en venir ainsi se mettre entre deux feux?

LUCILE.

Pour Monsieur Jaquemin, tu sçais....

LISETTE.

La Sympatie,
Je le sçais, ne doit pas être de la partie.
Il est riche, il est vrai; mais fort peu liberal,
Capricieux, chagrin, incommode, brutal.
Au reste, vous verrez rompre ce long silence.
Valere, de ses feux, & de leur violence,
Devant que de partir, compte vous informer.

LUCILE.

M'informer! Et comment?

LISETTE.

Il doit se promener,
Dans une heure environ, le long de l'avenuë.
Croyant ne pas devoir refuser l'entrevuë,
J'ai promis qu'en secret j'y conduirois vos pas.

LUCILE.

Vous avez promis?...

LISETTE.

Oüi.

LUCILE.

Mais vous n'y pensez pas.
Quoi? J'irois....

LISETTE.

Il le faut.

LUCILE.

Allez, vous êtes folle.

LISETTE.

Enfin, que voulez-vous? J'ai donné ma parole.

LUCILE.

Je ne ſçai ce que c'eſt qu'aller en rendez-vous.

LISETTE.

Mon deſſein n'étoit pas de vous mettre en courroux.
Ne gagnerai-je rien ſur ma belle Maîtreſſe?

LUCILE.

Je vois le ſou-fermier. Que veut-il?

SCENE VII.

Mr. JAQUEMIN, LUCILE, LISETTE.

Mr. JAQUEMIN *à part.*

HA traîtreſſe!
La voilà. Parlons-lui. Prenons la bale au bond.

LISETTE *à Lucile.*

Votre futur, Madame, à l'air bien furibond.

LUCILE.

Mon futur! Il ne l'eſt ſurement qu'en idée.

Mr. JAQUEMIN.

Tel que vous me voyez, j'ai l'ame bien charmée.
Je ſuis ravi, parbleu, d'apprendre qu'en ſecret
Avec un Etourdi vous filez le parfait,

Pendant que l'on me parle, à moi, de mariage.

LUCILE.

Comment donc?

LISETTE *à part.*

De Crispin je reconnois l'ouvrage.

LUCILE.

Moi, j'écoute quelqu'un? Et vous l'a-t'on nommé?

Mr. JAQUEMIN.

Ho! je vous en répond. J'en suis bien informé.
Je sçais son nom. Je sçais au long toute l'affaire.

LUCILE.

Vous pourriez vous tromper.

Mr. JAQUEMIN.

Me tromper?... C'est Valere.
Hé bien? le sçavons-nous?

LUCILE.

Valere songe à moi?

Mr. JAQUEMIN.

Et vous songez à lui, coeur ingrat, & sans foy.

LISETTE.

Pourquoi non?

Mr. JAQUEMIN.

Il faut bien, selon les apparences,
Que vous ayez donné de fortes esperances,
Que vous l'ayez flaté par un bien doux accueil,
Puisqu'il est tant épris, qu'il n'en peut fermer l'oeil;
Puisque, sans nul prétexte, il reste en cette ville,
Qu'il y fait voir encor sa figure inutile,

Lui, qui depuis longtemps devroit être parti;
Puisque lui-même enfin refuse un gros parti,
Qu'à Paris depuis peu lui ménage une Tante,
Qui, par rapport à vous, voit frustrer son attente.

LUCILE.

Vous me surprenez fort par ces nouvelles-là.
En êtes-vous bien sûr? d'où sçavez-vous cela?

Mr. JAQUEMIN.

De quelqu'un qui connoît tout ce qu'il a dans l'ame.

LISETTE.

Il a, vraiment, grand tort; & pour moi, je le blâme.
Il faudroit que l'on fist un nouveau Reglement
Qui taxât, qui punît quiconque effrontément
S'aviseroit d'aimer une Veuve jolie.

Mr. JAQUEMIN.

Parsembleu, j'allois faire une belle folie.
Allez, Madame, allez, il n'est pas bien à vous
De vouloir sur ce pied me prendre pour Epous;
De croire que j'irai flatter cette tendresse.
Vous me connoissez mal. D'une telle foiblesse
Jamais les Jaquemins n'ont été convaincus.
Je serois le premier du nombre des... Motus.
Je ne dis pas le nom; mais vous devés l'entendre.

LUCILE.

Vos façons de parler ont lieu de me surprendre.

LISETTE.

Vous surprendre? Et pourquoi? bon! c'est un style aisé,

Parmi les ſou-traitans un ſtyle autoriſé ;
Style bâdin, folâtre, & rempli d'énergie.

Mr. JAQUEMIN.

Quoi ? l'on me raille encor ; mort non pas de ma vie ! ....
Mais pourquoi balancer ? Qu'eſt-ce qui me retient ?
Je romps. De vous, de tout ce qui vous appartient,
Je perds le ſouvenir. Oüi, mon amour s'efface.
Plus de crédit, d'égard ; plus d'employ ; plus de place.
De votre grand Couſin, qu'avec deux Banquiers Juifs
Je voulois faire entrer dans mon Traité des ſuifs,
Ne ſera deſormais fait mention aucune.
A compter d'aujourd'hui qu'il cherche ailleurs fortune.
Tout s'en va reſſentir ; & ſeront reformés,
Uns chacuns les Commis que vous avez nommés.

SCENE VIII.

LUCILE, LISETTE.

LUCILE.

CE Monſieur Jaquemin eſt d'une humeur étrange.

LISETTE.

Quel brutal ! cependant vous croiriez perdre au change.

Et Valere, soûmis, tendre, respectueux,
Vous quitte, & part demain, sans faire ses adieux.

LUCILE.

Quel reméde y trouver? veux-tu que je hazarde?...

LISETTE.

Absolument.

LUCILE.

Mais si.....

LISETTE.

Vous serez sous ma garde.
Votre fierté, d'ailleurs, est toûjours à couvert.
Valere n'ira pas vous croire de concert;
Mais que par mon Art seul il obtient cette grace.

LUCILE.

En ce cas il faut donc que je te satisfasse.
Hé bien, je l'entendrai.

LISETTE.

Je pense que ce soir
Celiméne & Doris devoient venir vous voir?

LUCILE.

Je vais y donner ordre; & de leur Compagnie,
J'aurai, quand il faudra, le soin d'être affranchie.
à part.
Qui l'auroit pû penser que jusques à ce jour
Valere eût en Secret renfermé tant d'amour.

SCENE

SCENE IX.

CRISPIN, LISETTE.

CRISPIN.

AU cœur du Financier j'ai porté l'épouvante,
Comment vont nos projets ? Lisette, es-tu contente ?

LISETTE.

Tout va jusqu'à présent assez bien, mon Garçon.

CRISPIN.

Mais ta Lucile, enfin, mord-elle à l'hameçon ?

LISETTE.

Faut-il le demander ? Oüi, sans doute ; elle est femme.
Et ton Maître croit-il être aimé de la Dame ?

CRISPIN.

Faut-il le demander ? sans doute ; il est François.

LISETTE.

Bien plus ; lorsque tantôt, pour la premiere fois
De l'amour prétendu j'ai porté la nouvelle,
Etudiant l'effet qu'elle faisoit sur elle,
J'ai remarqué ce trouble, & cette émotion,
Toûjours avant-Coureurs de quelque passion ;
Ce sentiment secret, qui, peint sur le visage,
Trahit notre penchant, ou du moins le présage.

CRISPIN.

Tu me parois habile en définition.

LISETTE.

Je ne le suis pas moins dans l'exécution.

CRISPIN.

Friponne, je le crois. Pour peu qu'on te seconde,
Tu feras volontiers ton chemin dans le Monde.
Pour le Seigneur Valere, au premier compliment,
Il a reçu la chose assez modestement.
Je n'ai sçû qu'en penser. Mais dans la promenade,
Où je l'ai vû depuis, après mainte embrassade,
A deux ou trois Passans par lui mis à l'écart,
De sa bonne fortune il a déja fait part.

LISETTE.

Enfin, pour l'entreveuë, elle est déterminée.

Charlot paroît dans le fond du Théatre.

CRISPIN.

L'entreveuë, à mon sens, est bien imaginée.
Mais s'ils alloient entrer en explication?

LISETTE.

Nous sçaurons détourner la conversation.
Pour confirmer l'erreur & de l'un & de l'autre,
Nous ne manquerons pas d'y mettre encor du nôtre.
Le Rendez-vous sera hazardé, si tu veux;
Mais il est nécessaire autant que dangereux.

CRISPIN.

Je vais avoir grand soin que notre homme s'y rende.

LISETTE.

J'entrevois ton Rival.

CRISPIN.

Charlot?

LISETTE.

Oüi, j'appréhende
Qu'il n'ait ici rôdé durant notre entretien.

CRISPIN.

Tu crois qu'il comprendroit ?...

LISETTE.

Cela se pourroit bien.

CRISPIN.

Qu'il nous ait entendus, ou non, c'est tout semblable.
Va, c'est un Animal qui n'est pas raisonnable.
Au revoir.

SCENE X.

LISETTE, CHARLOT.

LISETTE *à part.*

DAns le fond, le Drôle n'est pas sot.

à Charlot.

Interrogeons-le un peu. Que fais-tu là, Charlot ?

CHARLOT.

Ah, ah, vous velà donc, Mameselle Lisette !
Je charche à dénicher un Marle que je guette.
Je voulons le chasser ; mais le peste est malin.

LISETTE.

C'est fort bien fait à toy. J'étois avec Crispin ;
Je causois avec lui de chose indifferente.

CHARLOT.

Oüi-da ; cela ſe peut.

LISETTE.

Va, va, je ſuis conſtante.

Si tu m'aimes, crois moi, mon cœur n'eſt point ingrat ;

Et pour toi ſeul je veux rompre le célibat.

CHARLOT.

Parguié, quand vous vourais. Je ſommes de ces Drilles,

Qui ne reculons pas pour épouſer les filles.

LISETTE.

Oüi, j'ai pris mon parti. Dans peu de temps, je veux

De Madame Charlot porter le nom pompeux.

SCENE XI.

CHARLOT *ſeul.*

LA Parſide ! Ah ! qu'alle a la langue bien penduë !

Croiroit-on que d'un autre alle ſeroit ferruë ?

Alle aime, mieux que moi, ce petit Babillard.

Qu'alle eſt ſotte ! En amour, vive un bon gros gaillard !

Ce matin, ſans me voir, y teniont un Langage.

J'étions là. Tout autant qu'au travars d'un Treillage,

Je pouvions nous ſarvir de notre entendement.

Ils disiont qu'ils vouliont, je ne sçai pas comment,
Embarlificotter leux Maître & leux Maîtresse,
De façon qu'ils puissiint avoir de la tendresse.
Tout-à-l'heure pourtant je n'ons de rian parlé.
Je les varrons venir. Que je sons dessalé!
Ce Pourpoint de drap bleu, ce Chapiau blanc renfarme
Un esprit, un bon sens, plus avisé, plus farme,
Que ceux.... Mais stapendant comment se pourroit-il?...
Morgué! quoique j'ayons le jugement subtil,
J'ons peine à débroüiller toute la manigance.
Car si.... Par queu moyen?... Oh! oh! queuqu'un s'avance.
C'est Crispin & son Maître. Il faut, de bout en bout,
Les acouter encor; bientôt je sçaurons tout.

SCENE XII.

VALERE, CRISPIN.

CRISPIN.

Ce Zéphire est charmant. Cette fraîche soirée
Aux amoureux soûpirs semble être Consacrée.
Mainte Belle, à Paris, ignore en ces momens
L'atteinte que l'on porte à vos engagemens.

VALERE.

On ne peut refuser un bien qui se presente:
D'ailleurs, jusqu'à-present d'une flâme constante
J'ai toûjours fui le joug. Tu le sçais bien, Crispin.

CRISPIN.

Oüi; vous n'avez encor été que libertin.
Il faut rendre justice à chacun. Que Lucile
Est bien propre à fixer votre humeur indocile!
Elle est belle, sensible, & femme de vertu:
Ma foy, c'est un Phoenix.

VALERE.

Mais franchement crois-tu
Qu'elle se rende ici?

CRISPIN.

La plaisante demande!
De votre éloignement l'amertume est trop grande,
Pour qu'elle se refuse à des adieux si doux.

VALERE.

Tai-toy; Quelqu'un paroît, & s'approche de nous.

SCENE XIII.

VALERE, LUCILE, LISETTE, CRISPIN.

CRISPIN *à Valere.*

Vous voyez qu'elle vient, sans trop se faire attendre.

LISETTE *à Lucile.*

Le voilà, cet Amant si discret & si tendre.

CRISPIN *à Valere.*

Allez donc; c'eſt à vous à parler le premier.

LISETTE *à Lucile.*

Approchez; & prenez un air plus familier.

CRISPIN *à Valere.*

Elle n'oſe avancer.

LISETTE *à Lucile.*

Votre aſpect l'intimide.

VALERE *à Lucile.*

Puiſqu'un hazard heureux auprès de vous me guide,
Devant que de partir, Madame, il m'eſt bien doux,
De pouvoir librement prendre congé de vous.

LUCILE.

Vous partez donc, Valere?

CRISPIN.

Il le faut bien, Madame.

LISETTE.

Hélas!

CRISPIN.

Tai-toy, Liſette, ou je vais rendre l'ame.

VALERE *à Lucile.*

Je l'avouërai pourtant, ſi, contre mon eſpoir,
En ce dernier moment, je pouvois entrevoir
Un deſtin trop flatteur pour moy, trop favorable,
L'Arrêt de mon départ n'eſt point irrévocable.

LUCILE.

Quel ſort attendez-vous? Quand on n'oſe parler,
Quand l'amour avec Art prend ſoin de ſe voiler,

Ses feux sont étouffés par l'extrême prudence ;
Et l'on est quelquefois Victime du Silence.

VALERE.

Ah ! lorsque des raisons nous forcent de couvrir
Un penchant, dont le cœur se plaît à se nourrir,
Dans un objet épris tout en rend témoignage.
Il est, pour s'exprimer, il est plus d'un langage.
Un regard, un soûpir, au défaut de la voix,
Ont souvent malgré nous déclaré notre choix.

Avec action.

Oüi, Madame, les yeux révelent le Mystere.

Crispin surprend la main de Lucile, & la baise adroitement.

LUCILE.

Arrêtez.

VALERE.

Qu'est-ce donc ?

LUCILE.

Modérez-vous, Valere.

VALERE.

M'offrirez-vous encor ce dehors inhumain ?
Quel caprice fatal !

LUCILE.

Un baiser sur la main
N'est pas chose, après tout, dont on se scandalise.

VALERE *baisant la main de Lucile.*

Ah ! que m'accordez-vous ? quelle aimable franchise !

à Crispin.

Je n'en sçaurois douter, elle aime éperdûment.

CRISPIN.

CRISPIN.

A qui le dites-vous ?

LUCILE *à Lisette.*

Il parle joliment,
Lisette !

LISETTE.

Ah ! ce qu'il dit, sans doute, vous remuë,
Moi, qui n'y suis pour rien, je m'en sens toute émuë.

VALERE *à Lucile.*

Qu'un mot de votre bouche assure mon bonheur!
Aurois-je eu le Secret de toucher votre cœur ?

LUCILE.

Puisqu'il faut l'avoüer, un hommage sincere,
Venant de votre part, ne sçauroit me déplaire,

VALERE.

L'aveu paroît contraint, & m'instruit foiblement,
Je crains de me flater trop témérairement.
Enfin, vous le sçavez ; je quittois cette Ville ;
Je puis le faire encore. Adorable Lucile :
Si vous ne m'ordonnez vous-même d'y rester,
Je pars : un vain espoir ne sçauroit m'arrêter.
Prononcez mon Arrêt.

LUCILE.

Consultez-vous vous-même.

VALERE.

Non ; ce que vous direz, sera l'ordre suprême
Auquel je me rendray. Vous ne répondez rien ?

à Crispin.

Allons. * On me retient, Crispin.

* *Lisette retient Valere, sans que Lucile s'en apperçoive.*

CRISPIN.

Je le vois bien.

LUCILE *à Valere.*

Pourquoi donc vous livrer à tant de défiance?
Ah! concevez plûtôt une juste esperance.

CRISPIN.

Quel excès de tendresse!

VALERE.

Avec des traits si beaux,
Non, je ne puis penser que je sois sans Rivaux.

LISETTE.

Quel soupçon enchanteur!

LUCILE.

Je le diray sans feinte,
Un homme tel que vous doit avoir moins de crainte.

CRISPIN.

O prodige d'amour!

VALERE.

Vous charmez, vous flatez;
Peut-on se garantir des coups que vous portez?

LISETTE.

O Ciel! vit-on jamais union plus parfaite?

VALERE.

Madame, pour combler mon ame satisfaite...

Il est interrompu par un éclat de rire de Charlot.

SCENE XIV.

LUCILE, VALERE, LISETTE, CRISPIN, CHARLOT.

LISETTE *faisant signe à Crispin.*

CRispin

CHARLOT.

Ha, tatigué, que je vons dégoiser!

CRISPIN.

Qui va là?

CHARLOT.

Laissez-nous. Morgué, je veux jazer.

LISETTE.

Où va donc ce Manant?

CHARLOT *resistant à Lisette & Crispin qui le répoussent.*

Pardonnez-moi, Madame,
Et vous, Monsieur, itou: mais tout franc j'ai dans l'ame
Du chagrin de voir ça. C'est une trahison:
Et morgué je vous veux faire entendre raison.

LISETTE.

As-tu perdu l'esprit?

VALERE *à Lucile.*

Connoissez-vous cet homme?

LUCILE.

Oüi. C'est mon Jardinier.

CRISPIN.

Veux-tu que l'on t'assomme,
En parlant de la sorte?

LISETTE.

Il vient de s'enyvrer.

CHARLOT.

à Lucile.

Tarare! Acoutez-moi.

LUCILE.

Faites-le retirer.

CHARLOT.

Un mot.

LISETTE.

Allons; bon soir.

CRISPIN.

Que de Cérémonie!

CHARLOT.

Hé bien, oüi, je m'en vas, oüi; mais par la jarnie,
Vous ne vous aimais pas, je vous en avartis.

VALERE.

Il a bû, sûrement.

CHARLOT.*

Non, morgué: je le dis,
Vous n'avez nullement d'amiquié l'un pour l'autre.
C'est cette fine Mouche, avec ce bon Apôtre,
Qui vous faisiont tous deux donner dans le panniau.
Tout votre belle amour n'est que dans leur çarviau.
Ils avont, à part eux, manigancé la chose.
Et si vous vous aimais, j'en deveine la cause.
Il faut qu'ils soient sorciers comme des bas-Normands,
Et sçachiont un secret pour faire aimer les gens.

* *Lisette & Crispin veulent l'empêcher de parler en lui mettant la main sur la bouche.*

SCENE XV.

LUCILE, VALERE, LISETTE, CRISPIN.

VALERE.

CEt homme eſt-il ſujet à cette frénéſie ?

LUCILE.

Liſette, qu'eſt-ce donc que cela ſignifie ?

CRISPIN.

Du vin, qu'il a trop bû, c'eſt, ſans doute l'effet.

LISETTE.

Non, Madame; voici la vérité du fait.
Charlot m'aime; & Criſpin lui donne de l'ombrage.
La peur qu'il a, je crois, que Monſieur ne s'engage,
Par eſtime pour vous, à ſéjourner ici,
Sans rime ni raiſon le fait parler ainſi.

CRISPIN.

Je le croirois de même.

VALERE *à Lucile.*

Eſtes vous bien remiſe
De l'accident facheux dont vous fûtes ſurpriſe
Hier, à ce qu'on dit Madame ?

LUCILE.

Moi Monſieur ?
Quel accident facheux ?

CRISPIN *à part.*

Je ſens battre mon cœur

VALERE.

Quoi, ne fûtes-vous pas hier indiſpoſée?

LUCILE.

Je me portai fort bien le long de la journée.

VALERE *à Criſpin.*

Parle Maraut, tantôt n'as-tu pas aſſuré? ...

CRISPIN.

Il ſe peut bien, Monſieur, que j'aye exagéré.
C'eſt aſſez mon deffaut, chacun a ſa maniere.

VALERE.

Ha! vous exagerez!

LUCILE.

Vous ſouvient-il Valere,
Des termes d'un billet que j'ai reçu de vous?

VALERE.

Vous avez un billet de moi?

LISETTE *à part.*

C'eſt fait de nous.

VALERE.

Je n'ai point eu, je crois, l'honneur de vous écrire
Si ce n'eſt quatre mots, quand vous me fites dire
Que ſur nos differends vous vouliez terminer;
Mon Procureur dicta, je ne fis que ſigner.

LUCILE *à part.*

Juſte Ciel! ai-je pû m'aveugler de la ſorte?

VALERE *à Lucile.*

Expliquez ce diſcours,

CRISPIN.

Je tremble

LISETTE.

Je ſuis morte.

LUCILE.

On ose me joüer & me commettre ainsi!

VALERE.

Quoi donc! se pourroit-il?... j'entrevois, dans ceci,
Une manoeuvre sourde, à tel point insolente,
Que sa temerité m'interdit, m'épouvante.

CRISPIN.

Adieu donc.

VALERE *à Crispin.*

À te voir, j'en suis plus que certain,
Traître tu peux t'attendre à périr sous ma main.

CRISPIN.

Je ne compte que trop sur pareille promesse
Nous avons fait, Lisette, une belle proüesse
Pour prix de ce projet si bien imaginé,
Ce que je puis attendre, est d'être exterminé.

LISETTE *à Lucile.*

Madame, il est bien vrai....

LUCILE.

Sortez de ma présence
Je ne borne pas-là l'effet de ma vengeance

VALERE *à Crispin.*

Eloigne toi de moi.

LISETTE *à Lucile.*

Vous êtes sans Epous
Monsieur est libre aussi; nous croïons voir en vous,
De mérite & d'humeur, certaine convenance
Qui sembloit appeller de votre indifference;
Vouloir la corriger, c'est être criminel:

J'en conviens ; mais enfin le coup n'eſt pas mortel.
C'eſt une fable à quoi l'on peut trouver remede.

LUCILE.

Vous oſez inſiſter ?

LISETTE.

Non, Madame, je cede.

CRISPIN *à Valere en tremblant.*

Il eſt vrai qu'on n'a pas.... ſujet de prendre feu.
Rien de fait : chacun peut retirer ſon enjeu.

VALERE.

Quoi toujours.....

CRISPIN.

Allons donc, puiſque tout eſt au Diable

Liſette & Criſpin ſe retirent au fond du Théatre.

VALERE.

Le trait eſt impudent,

LUCILE.

Il eſt abominable.
Jamais, plus hardiment, piege ne fut dreſſé.

VALERE *à Lucile qui fait mine de ſe retirer.*

Je ſuis au deſeſpoir de ce qui s'eſt paſſé.
Je ne puis vous quitter ſans vous en faire excuſe.

LISETTE.

Ah ! ne me parlez pas. Je reſte ſi confuſe
Qu'à peine devant vous, j'oſe lever les yeux.

VALERE.

D'un fripon de Valet, le diſcours ſpécieux
Peut-il m'avoir fait faire une telle bévûë ?

LUCILE.

Comment par une fourbe ai-je été prevenuë
Contre toute apparence, & ſi groſſierement ?

VALERE.

De ma part vous ſerez vangée aſſurément,

LUCILE.

Et de la mienne auſſi : vous en aurez juſtice,

VALERE.

Je vais, en le chaſſant, en faire un ſacrifice
Au reſpect, à l'eſtime, à ce que je vous doy

LUCILE.

Elle ne paroîtra, de ſes jours, devant moy.

SCENE XVI.

LUCILE, VALERE, UN LAQUAIS *amené par un Domeſtique de Lucile*, LISETTE & CRISPIN *au fond du Théatre.*

LE LAQUAIS.

MAdame, c'eſt Monſieur Jaquemin qui m'en-
voye.
Il dit que vous devez vous maintenir en joye.
Qu'il ſçait tout de Charlot; qu'il n'eſt plus en
courroux ;
Et que demain ſans faute, il ſe rendra chez vous.

LISETTE.

Dis-lui que rien ne preſſe, & que je l'en tiens quitte.

LE LAQUAIS.

C'eſt aſſez.

Il ſort.

SCENE XVII.

LUCILE, VALERE, CRISPIN & LISETTE *au fond du Théatre.*

VALERE.

REfuser une telle visite !
C'est votre pretendu : quel est votre dessein,
Madame ?

LUCILE.

Je ne sçais.

VALERE.

O bizare destin !
Faut-il que vos bontés, Lucile, soient un songe ?
Faut-il que d'un heureux, & seduisant mensonge,
La triste verité montre l'illusion ?
Ce généreux penchant, cette inclination
A présent ne sont plus qu'une vaine chimere.

LUCILE.

Tous ces beaux sentimens ne sont plus rien, Valere.

VALERE.

Mais vous n'auriez donc pas dedaigné monardeur?

LUCILE.

Ma sensibilité flattoit donc votre coeur ?

VALERE.

En pouvez-vous douter ? Ah ! l'intrigue ſecrette,
Que viennent d'employer & Criſpin, & Liſette,
Contre l'indifference eſt un foible moyen.
On peut s'en garentir, Madame, j'en convien.
Mais, cette intrigue, auſſi, pour moi ne ſçauroit
être
Un obſtacle au penchant dont je ne ſuis plus
Maître.
Je m'étonne à preſent, prompt à me deſarmer,
Comment j'ai pu vous voir, & ne vous point aimer.
De mes ſens égarés, ils m'ont rendu l'uſage.
Oüi, plus que ma raiſon, leur imprudence eſt ſage,
Puiſqu'elle ouvre mes yeux ſur un objet parfait
Que je voyois ſans flâme, & quittois ſans regret:
Puiſqu'elle m'a prouvé qu'il m'eût été poſſible
De vaincre votre cœur, de vous rendre ſenſible :
Si d'un feu ſerieux, & qui vous eſt bien dû,
Leur groſſier artifice eût été prevenu.

LUCILE.

Quoi ! vous les approuvez ?

LISETTE *à Criſpin au fond du Théatre.*

La victoire balance.

CRISPIN *à Valere, en ſe raprochant.*

Avois-je ſi grand tort, Monſieur, en conſcience?

VALERE.

Non, Criſpin, ſans ſujet, je m'étois irrité.
Tu peux, auprès de moi, rentrer en ſeureté.

LISETTE *à Lucile, en se raprochant un peu.*

Et moi, serai-je donc seule disgraciée ?
Sans espoir de retour, suis-je remerciée ?

LUCILE.

Ah ! je ne veux jamais qu'on me parle de vous.
Je ne sçai pas comment, oubliant son courroux,
Monsieur peut tolérer semblable fourberie.

VALERE *avec passion.*

Je le repete encore ; de leur supercherie
J'ai de justes raisons pour ne point m'offenser.
Je me fais un bonheur d'avoir sçû me fixer.
J'éprouve avec plaisir une atteinte inconnuë,
Qui flatte d'autant plus qu'elle étoit imprévûë.
Sous les loix de l'hymen tout prêt à me ranger,
Mon plus charmant espoir seroit de m'engager.

LISETTE *à Lucile.*

Et moi je n'aurois pas le pardon que j'espere ?

VALERE.

Pour l'obtenir, Lisette, il seroit necessaire
Que ta Maîtresse fût de même sentiment.
Tu ne l'auras, je croi, que difficilement.

LISETTE *à Lucile.*

Je ne l'obtiendrois pas ? moi qui dès votre enfance,
Parûs être l'objet de votre complaisance ?
Qui vous donnai mes soins, & d'un desir fervent,
Qui vous accompagnai jusques dans le Convent ?
Qui pour un vieux Mary vous voyant destinée ;
Pendant le cours facheux d'un sterile hymenée,

Les jours assidûment, & plus souvent les nuits
Par un libre entretien, ai calmé vos ennuis?
Je ne l'obtiendrois pas! moi fille dont le zéle
En toute occasion fut toûjours si fidelle?...

CRISPIN *à Lucile.*

Fille d'esprit, bien plus, qui sçait ce qu'il vous faut.

LISETTE *à Lucile.*

Non non le mauvais cœur n'est point votre deffaut.
Ce trait me surprendroit, car vous êtes si bonne....

VALERE *à Lucile.*

Ah! Lucile parlez.

LUCILE *à Lisette après avoir regardé Valere.*

Hé bien, je te pardonne.

VALERE.

Mon sort est sans égal.

CRISPIN.

Nous triomphons enfin.
Que l'on chante, en tous lieux, & Lisette, & Crispin.

LISETTE *à Crispin.*

J'ai donc aussi l'honneur de devenir ta femme?

CRISPIN.

Oüi, mon cœur. Mais tout prêt de voir payer ma flâme

Une ſoudaine horreur s'empare de mon front.
Tout franc ; tu me parois en ſçavoir un peu long.

LISETTE.

Il te ſied bien, Maraut, d'avoir de tels ſcrupules !
Laiſſe, ſi tu m'en crois, ces ſoupçons ridicules,
De ma vivacité, va, ne t'allarme point.
Les Sottes ſont le plus à craindre ſur ce point.

FIN.

APPROBATION.

J'AY lû par ordre de Monseigneur le Garde des Sceaux, un Manuscrit intitulé : *Le Rendez-vous, ou l'Amour supposé, Comedie.* Et j'ai crû qu'on en pouvoit permettre l'impression. A Paris ce 8. Juin 1733.

MAUNOIR.

PRIVILEGE DU ROY.

LOUIS, PAR LA GRACE DE DIEU, ROY DE FRANCE ET DE NAVARRE : A nos amés & féaux Conseillers, les Gens tenans nos Cours de Parlement, Maistres des Requêtes ordinaires de notre Hôtel, Grand Conseil, Prevôt de Paris, Baillifs, Senechaux, leurs Lieutenans Civils & autres nos Justiciers qu'il appartiendra; SALUT. Notre bien-amé HUGUES DANIEL CHAUBERT, Libraire à Paris, Nous ayant fait supplier de lui accorder nos Lettres de permission pour l'Impression d'un Ouvrage qui a pour titre : *Le Rendez-vous, ou l'Amour Supposé, Comedie* qu'il souhaitteroit faire imprimer & donner au public, offrant pour cet effet de le faire imprimer en bon papier & beaux caracteres, suivant la feüille imprimée & attachée pour modele sous le contrescel des Presentes; Nous lui avons permis & permettons par ces Presentes de faire imprimer ledit livre ci-dessus specifié, conjointement ou séparément & autant de fois que bon lui semblera, & de les vendre, faire vendre & débiter par tout notre Royaume pendant le tems de trois années consécutives, à compter du jour de la date desdites Présentes; Faisons défenses à tous Libraires, Imprimeurs & autres personnes de quelque qualité & condition qu'elles soient, d'en introduire d'impression étrangere dans aucun lieu de notre obéïssance; à la charge que ces Présentes seront enregistrées tout au long sur le Registre de la Communauté des Libraires-Imprimeurs de Paris, dans trois mois de la date d'icelles; que l'impression de cet Ouvrage sera faite dans notre Royaume & non ailleurs, & que l'Impetrant se conformera aux Reglemens de la Librairie, & notamment à celui du dix Avril 1725. & qu'avant que de l'exposer en vente, le Manuscrit ou Imprimé qui aura servi de copie à l'impression dudit Livre, sera remis dans le même état où les Approbations y auront été données, ès mains de notre très-cher & feal Chevalier Garde des Sceaux de France le sieur Chauvelin, & qu'il en sera ensuite remis deux Exemplaires dans notre Bibliotheque publique, un dans celle de notre Château du Louvre, & un dans celle de notre très-cher & feal Chevalier Garde des Sceaux de France le sieur Chauvelin; le tout à peine de nullité des Présentes: du contenu desquelles vous mandons & enjoignons de faire jouir ledit sieur Exposant ou ses ayans cause, pleinement & paisiblement, sans souffrir qu'il leur soit fait aucun trouble ou empêchement. Voulons qu'à la copie desdites Présentes qui sera imprimée tout au long au commencement ou à la fin dudit Livre, foi soit ajoûtée comme à l'original. Commandons au premier notre Huissier ou Sergent de faire pour l'exécution d'icelles tous actes requis & necessaires, sans demander autre permission, & nonobstant Clameur de Haro, & Charte Normande, & Lettres à ce contraires : CAR tel est notre plaisir. DONNE' à Paris le 17. du mois de Juin, l'an de grace 1733. & de notre Regne le dix-huitiéme. Par le Roy en son Conseil.

RIBALLIER.

Registré sur le Registre VII. de la Chambre Royale des Libraires & Imprimeurs de Paris, No. 544 fol. 441. conformément aux anciens Reglemens confirmés par celui du 28. Février 1723. A Paris le 18. Juin 1733.

G. MARTIN. Syndic.

De l'Imprimerie de GISSEY.

www.ingramcontent.com/pod-product-compliance
Ingram Content Group UK Ltd.
Pitfield, Milton Keynes, MK11 3LW, UK
UKHW020437230726
13925UKWH00004B/1744